# LOS JUEGOS DE MI AYER

## Cantos Sonoros

Leslie Garcia Montijo

*A Zoe, Leo y Simonet*

*"No quisiera regresar el tiempo al ayer de mi niñez, solo quisiera tener el tiempo para jugar contigo hoy"...*

# CONTENIDO

Página del título     1

Derechos de autor     2

Dedicatoria     3

Epígrafe     4

Prólogo     7

"LOS JUEGOS DE MI AYER"     11

La víbora de la Mar.     13

Doña Blanca.     22

Mamá Gigante     28

El Patio De Mi Casa     34

Pin pon     41

Ahí está la luna     47

Naranja Dulce, Limón Partido     50

La rueda de San Miguel     55

Tengo una muñeca     59

Acerca del autor     63

Ojos Grandes     65

Libros de este autor     69

# PRÓLOGO

*Los juegos de mi ayer es una recopilación de cantos y juegos mexicanos, donde cada uno de ellos guarda una historia jamás contada. Pasaremos desde la Mexicana que fruta vendía, romperemos los pilares de Doña Blanca sin preguntarle a Mamá Gigante para jugar con Pin pon y comer naranjas dulces y limones partidos en el Patio de mi casa.*

**Cantos Sonoros se entonaban todos los días en los pasillos de las escuelas, en los patios de las casas, en las plazas y kioscos, en la calle de enfrente con todos los vecinos. Donde el cantar a grito partido, voltearse de burro (sin que nadie se ofendiera), tomarse de las manos, abrazarse para que nadie se queme era algo común. Quiero escuchar mis cantos sonoros, quiero que no se pierda la tonada, que mis hijos jueguen a lo que yo jugué.**

*"Los juegos de mi ayer" es un cuento para que lo canten, lo cuenten y jueguen los grandes con los chicos. Es un canto de unión y recuerdos una invitación a conocernos.*

*En tiempos de pandemia...*

*En el refugio donde te encuentres. Mantente cercano, no importa la distancia...Mantente cercano, a tí. Escúchate, es lo que late, lo que mantiene vivo, respira lejos desde tu centro, brilla siempre. Aprovéchate del reloj que perdió su sentido en el tiempo haz que las agujas giren un momento a tu favor. Sobrevivir auténtico, vale la pena.*

# "LOS JUEGOS DE MI AYER"

*Por: Leslie Garcia Montijo*

*Instrucciones de Lectura del Cuento:*

*Favor de leer cantando el inicio de los cuentos. Que no se pierda
la tonada de tantos cantos sonoros mexicanos. Que al cantarlos
se asomen en tu mirada nublada aquellos recuerdos de niño
y desplieguen otros cuentos que ya tenías guardados.*

# LA VÍBORA DE LA MAR.

## La víbora de la mar...

*A la víbora, víbora,*
*de la mar, de la mar*
*por aquí pueden pasar.*

*Los de adelante corren mucho,*
*y los de atrás se quedarán*
*traz, traz, traz.*

*Una Mexicana que fruta vendía,*
*ciruela, chabacano, melón o sandía.*
*Una Mexicana que fruta vendía,*
*ciruela, chabacano, melón o sandía.*

*Verbena verbena jardín de matatena*
*Verbena verbena jardín de matatena*
*campanita de oro déjame pasar*
*con todos mis hijos menos el de atrás*
*traz traz traz traz.*

◆ ◆ ◆

Una mexicana que fruta vendía: ciruela, chabacano, melón o sandía. Era de un pueblo muy pequeño y olvidado. Ahí vendía fruta de temporada, entre las calles de tierra y los árboles verdes. Un día, observó a todos a su alrededor y vio lo mismo de todos los días: el olvido.

Se sintió con la importancia de una pequeña piedra en el camino; y sus manos cansadas le dijeron que subiera la fruta a su carreta y emprendiera otro camino... el de las estrellas.

Lo malo, no estaba sola. No era una decisión fácil.

Tenía cinco hijos y una vieja madre o una madre muy vieja que alimentar. Pero, cuando volvió a casa y abrió la puerta que había abierto por tantos años, se encontró con lo mismo pero multiplicado por siete. Era aún más pobre que en su niñez. ¿Qué sería de sus hijos? Y aunque la pobreza y el trabajo era lo único que conocía, sabía que caminando muy lejos, hacia las estrellas; una nueva puerta se abriría.

Y entonces, cerró la puerta de su jacal y regresó al mismo camino donde vendía la fruta; solo que tenía un propósito distinto.

Y vendió la fruta. Y se guardó un peso. Y vendió la fruta. Y se guardó otro peso. Y vendió la fruta... Uno de sus hijos enfermó, no guardó ni un peso y se gastó los dos que había guardado. Y vendió la fruta y pudo guardar un peso de nuevo.

Al paso de los días, se sentó en un jardín a contar los pesos que tenía y la pobre mexicana que fruta vendía se dio cuenta que para caminar rumbo a las estrellas, muchos pesos le faltaban y rompió en llanto.

A pesar de tanto esfuerzo, las monedas no eran suficientes. Necesitaba cientos de ellas; en sus pensamientos de noche partía rumbo a las estrellas con cuatro de sus cinco hijos. Al más chiquito, lo dejaba con su abuela.

Sí, se iba, con todos sus hijos menos el de atrás.

Serían muchos miles de pesos multiplicados por dólares,  se hacían inalcanzables. Desconsolada para mitigar las penas, partió un sandía de corazón muy rojo y comió el centro que era lo más dulce, para pasar este trago amargo.

Cerca, un viejito polvoroso, más cerca...

-       ¡Ah! ¿Qué quiere este viejito? - se dijo - mientras chorreaba el jugo rojo de la sandía entre sus manos.

Era un viejito, de esos que es difícil calcularle la edad por su figura espigada pero su cara enraizada. Su piel  dice que tiene muchos años entre las zanjas morenas.

Se acerca más, al grado de que su sombra le cubre la cara del sol y le dice:

-       ¿Por qué has de llorar si este mundo te cobija? Estás comiendo esa dulce sandía, el sol alumbra el día y las ventas. Yo he visto - señalandosé el ojo tiernito- han sido buenas, mira el jardín floreciente donde te encuentras ¡Linda morena, no llores más!

-       Lo que usted dice que me cobija, a mí, me da frío. Lo único que quiero es irme por otro camino.

-       ¿A qué camino te refieres?

-       Al de las estrellas lejanas, que se han vuelto más lejanas al contar cada peso, que me ha parecido un pesar y con esto – le mostró sus monedas en sus manos con tierra- no lo lograré.

- ¿Has jugado mata tena? Preguntó el anciano.

Desconcertada con la pregunta pensó que el anciano estaba demente. Pero aun así; asintió con la cabeza.

- Te juego los miles de pesos que necesitas, por esos cuantos si me ganas en un juego limpio de mata tena.

Sacó del bolsillo del pantalón verde una pelotita de goma de colores y con los ojos la invitó a jugar.

- Son muchos miles los que necesito y la verdad soy muy buena para jugar mata tena, ¿Quiere entrarle? Si usted, me está mintiendo y esto se vuelve una broma, lo que se volverá contra usted, es el resto de mi sandía en su cabeza partida.

El anciano sonrió.

- Pareces decidida, eso me gusta y también te pondré mis reglas: Si yo gano, escucha muy bien, no quiero llantos, simplemente me das todas tus monedas y lo que ha sobrado de la sandía y todos los miércoles un juego de mata tena hasta que llegue el día en que el camino de las estrellas te alumbre y te vayas o hasta que llegue el día en que ese destino que has creado, se disperse entre los olores de tus frutas.

Con un apretón de manos cerraron el trato y ahí estaban todas las estrellas plásticas tiradas en el piso y la pelota queriendo hacer el mejor de sus rebotes; parece un juego fácil y aunque no sabía de física o de ángulos, el cálculo de la experiencia le daba una ventaja abismal al arrugado contrincante; pero el deseo del corazón dulce -rojo de la mexicana le daba la fortaleza de la juventud empeñada a lograrlo, varios tiros y rebotes, movimientos rápidos de mano, respiraciones, risa y nervios al final del juego las estrellas en su palma.

Eran suyas, había ganado el juego.

Se miraron a los ojos - el viejito lamentó no tanto el dinero que perdía- si no las tardes que había pensado serían de compañía, con magnífica oponente.

- Fue un juego limpio- le dijo- tienes destreza. Mañana por la tarde estaré aquí, antes de que oscurezca traeré para ti, todos los pesos necesarios para que vayas a las estrellas.

La mexicana le creyó, simplemente porque en México todavía se confía en palabras aunque los hechos nos demuestren lo contrario, todavía se confía. Y así lo hizo. Confiaba tanto, que esa tarde preparó a sus cuatro hijos, cada uno con un morral, con lo que pensó sería suficiente para llegar a las estrellas y era "tan mexicana" que no solo planeaba llegar, si no planeaba volver por su hijito al que no podía llevar por ser tan chiquito. No le dijo nada a la abuela, pero ella –la abuela- lo notó cuando al despedirse le olió el cabello como para guardarlo de recuerdo. Al bebé, lo cubrió todavía dormido y lo persignó protegiéndole de todos los males en su ausencia. Y con sus hijos peinados de lado con ropas muy deshilachadas, partieron al jardín de matatena para encontrarse con el viejito. Y ahí estaba esperándola en el área de juego con más de lo que esperaba y una cobija y mucha comida.

- Cuídate mujer - le dijo - el camino a las estrellas es muy largo tendrás que subir a una víbora de la mar, le llaman así por ser muy peligrosa. Deberás domarla subir a tus hijos y hacerla tu amiga pero nunca confiar plenamente en ella, se cautelosa. Una vez que llegues a lo que piensas es el fin de tu camino será solo el inicio, y te cubrirá un manto de fuego por el día y por las noches; uno de hielo, trata de mantener la cordura y pensar en tus anhelos, si has tomado la decisión no mires atrás y corre mucho, y niños, corran con ella. Los de adelante corren mucho y los de atrás se quedarán...

La mexicana escuchó atentamente al viejito y le regaló una sonrisa fresca. La noche se aproximaba, por el camino distante, al principio solitario, después se dieron cuenta que uno a uno se unían a su grupo. Eran más personas que un montón, cientos, caminando rumbo a las estrellas. Llegaron a donde estaba la víbora de la mar y en una de sus olas se pudieron trepar, casi mueren ahogados pero la suerte de un amor desesperado y un viento diligente los ayudó a salir del caos. La mexicana era fuerte y abrazaba a sus hijos cerrando los ojos, apretando los dientes, pensando, pensando en que el miedo no sería suficiente para ceder ante su sueño que ya había iniciado, ahora había que terminarlo.

Por el camino, amigos se hicieron enemigos, tomaron sus frutas su agua y quisieron tomar su voz, pero mejor se quedó callada, para que no pudieran quitársela, a sus hijos los dejo invisibles, bajo la cobija de cuadros que el anciano le dio. La comida fue escasa pero se multiplicaba. Lo más noble parecía la víbora de la mar una vez que la domabas, el cuidado que tendrías era de los pasajeros que en ella iban y de los intrusos nocturnos que quitarte tu sueño querían, pero el de la mexicana era un sueño profundo, casi real, casi tangible.

Una ola de sal, los dejó resecos frente a aquel manto de sol, donde la luz no era buena en esa tierra y los árboles verdes de su pueblo no se conocían, solo era luz anaranjada.

Otra vez cerró los ojos, parecía ver a través de sus párpados por los rayos del sol. Volvió a hacer un manto con la cobija de cuadros y uno a uno en fila avanzó a veces casi corriendo a veces casi cayendo. El camino era caluroso lo más insensato sería llorar. Les contaba a sus hijos historias de antes, historias de un antes que no conocía. Y se acordaba del más chiquito de sus hijos, el que dejó atrás por amor y por piedad. Le mandó un beso tibio con el viento caluroso y el beso viajó de regreso hacia un cachete acolchonado y fresco. Les contaba historias a sus hijos para mantenerlos despiertos de cómo sería el llegar a las estrellas. Un futuro que tampoco conocía. Después, cayó la noche y con ella las estrellas se veían más cerca. Y con ella el manto frío se apoderaba de su destino.

> -Frío - le dijo - te has de alejar. Que he traído el calor que nadie me puede dar y abrazó a sus hijos fuerte, apretó ojos y dientes.

Siguieron caminando; mientras todos los que fueron acompañantes de camino dormían –recordó las sabias palabras del viejito:

\-        Los de adelante corren mucho, los de atrás se quedarán - una y otra vez, la voz del anciano retumbó en su cabeza-.

Avanzó mucho, mucho y vio una luz muy fuerte y pensó llegar...

Cuál sería la sorpresa cuando vio que una mujer la quería regresar. Le alumbró la cara, les quitó la cobija a sus hijos y en un idioma distinto la acorraló. Le dijo que se los llevaría, que no habría más estrellas.

La mexicana lo entendió con el corazón porque las palabras sus oídos no las comprendían. La vio a los ojos y le dijo:

\-        ¡ Yo, no me voy!

La mujer era buena, lo vio en sus ojos. Le imploró por sus hijos, le decía que la dejara pasar con todos sus hijos que ya había dejado uno atrás, que prefería la muerte a tener que regresar.

La mujer que alumbraba, la vio al corazón de sandía y gritó:- Run! - le señaló el camino- La mexicana, apenas le pudo entender. Se veían luces fuertes circulando azul y rojo.

La mexicana corrió y corrió con todos sus hijos menos el de atrás. Al final del camino o al inicio del camino de estrellas solo vio pasar varias bolas de acero ¡TRAZ, TRAZ ,TRAZ!

# DOÑA BLANCA.

## Doña Blanca

*Doña Blanca está cubierta
con pilares de oro y plata.
Romperemos un pilar
para ver a Doña Blanca.
Doña Blanca está cubierta
con pilares de oro y plata.
Romperemos un pilar
para ver a doña Blanca.
¿Quién es ese jicotillo
que anda en pos de Doña Blanca?
Yo soy ese jicotillo que anda
en pos de Doña Blanca.*

◆ ◆ ◆

Todavía recuerdo como si fuera ayer cuando en vez de estar sentado en este sillón, de este lado, estábamos como changos - decía mi abuela - sentados en la barda que daba a la casa de la vecina a la que nombramos "Doña Blanca". Era una casa sorprendente, de pasillos inmensos y una fuente en forma de sirena, al centro del jardín, donde los pájaros tomaban agua y se revoloteaban felices. ¡Cómo quisiera ser pájaro! Solíamos decir, en los días de verano. Esa casa, era un misterio nadie entraba. Doña Blanca nunca salía de ella, toda la casa estaba rodeada por un amplio corredor y pilares anchos altos que soportaban el grueso techo. En el corredor, había sillas que nunca se mecían y nunca se entelarañaban a pesar del poco uso. Y es que los únicos que entraban en esa casa eran los escasos sirvientes de

23

Doña Blanca. La cocinera, el jardinero, dos mucamas y un gato blanco que era de una de las mucamas. Nadie dormía ahí. Doña Blanca, debió haber sido una mujer valiente porque al final del día solo quedaba ella, la luz de las velas y los grandes pilares vigilantes y protectores de su casa. Los cuales, no protegían de las miradas curiosas de unos niños que soñaban en escudriñar la casa y encontrar tesoros. Ella parecía no darle importancia a su vestimenta ya que nunca salía, dicen que se quedó esperando a su hombre y le prometió como voto de fidelidad que nunca saldría de la casa por si alguien más podría verla y enamorarla.

Hoy, aquella belleza por la cual le celaría ese hombre era casi escasa. Las arrugas de su piel, blanca, blanca de estar en encierro absoluto se distinguían desde lo alto de la barda. A veces, se sentaba un poco al sol en un columpio de sillón y ahí se ponía a leer antiguas cartas y a veces lloraba y a veces reía.

Los niños, pueden ser crueles y nosotros lo éramos. Muchas veces tirábamos harina en el jardín y le gritábamos: - Ahora tú eres ¡Doña Blancaaa! ¡Doña Blancaaa! ¡No, tú!

Otras, solo gritábamos -¡Vieja loca!- y nos escondíamos... cuántas cosas y cuánta diversión en la barda hacia la casa de la Doña Blanca. Nunca nos acusó con nuestra abuela a pesar de las groserías que le hacíamos. Y entonces; creo, después, crecimos y después; los amigos se fueron lejos. Yo me fui lejos y Doña Blanca se quedó encerrada entre pilares por siempre.

La vida, me llevó lejos de ese pueblo de aventuras a lugares donde jamás había pensado estar, llegué hasta China y regresé hasta Chile, pasé por Canadá y vagué por Europa y viví una vida distinta a la que me correspondía; después la misma vida me regresó al mismo pueblo Sonorense, donde las aventuras ya se habían consumido, la abuela había muerto y los amigos no estaban; yo llegué con mis ropas finas y todos pensaron que regresaba adinerado, lo único que me había quedado era mi ropa y mi carro. Lo demás era historia.

Llegué a la casa de la abuela, el único patrimonio que no había perdido. La casa se caía a pedazos las tuberías estaban oxidadas, el agua salía roja y chocolatosa de las llaves, no era un lugar seguro donde vivir. En cualquier momento podría aplastarme esa casa y convertirse en mi tumba. No desempaque nada, no había modo de desempacar, como ya era noche preferí acampar en el patio trasero y recordé aquellos días en que escalábamos como changos para espiar a Doña Blanca, aquella barda gigante, hoy, se veía pequeña e incluso no tuve que saltar se había derrumbado un tramo. Y aquella curiosidad de niño volvió y entonces por primera vez en mi vida entre en la casa de Doña Blanca.

La casa, a pesar de estar polvorienta se mantenía en muy buen estado, solo era polvo, no eran grietas, no tuberías descompuestas. Entré al amplio salón, y me asombré aún más; mi imaginación de niño no hubiese recreado tan bello lugar, la recámara de Doña Blanca.

Esa noche no dormí… pensé y pensé; esa casa seria mi hogar de ahora en adelante y entonces cree un plan.

A la mañana siguiente, fui al abarrotes del pueblo ahí se podían esparcir bien los chismes y quería que todos se enteraran. Fui a comprar huevos para el desayuno y porque con mi ajustado presupuesto era para lo único que me alcanzaba. Le dije a la tendera que era el nuevo dueño de la casa y que estaba aquí para repararla andaba en búsqueda de gente que me ayudara que si sabía de alguien que lo enviara ahí. La señora dijo: - pensábamos que la casa quedaría abandonada por siempre, ya más de 30 años que nadie la habita.

-La he comprado hace cuatro años, pero por negocios no había tenido el tiempo de venir a repararla, pero ya estoy aquí en mi soñada casa de campo.

Pronto se esparció el rumor: "La casa de los pilares ya tenía dueño" ...

Pronto llegaron "a mi puerta" solicitando entrevistas nuevo personal interesado en trabajar en la descuidada casa. Yo, fingía que no cumplían con mis requerimientos y mientras limpiaba la enorme casa regaba los enormes jardines, podaba, quitaba la hierba mala, quedaba exhausto.

La fuente; ya no tenía agua y aquellos pájaros ya no se veían por el jardín. Se me ocurrió una idea rápida para que volviesen; compré un bebedero para pájaros - lo colocaría en el corredor y lo colgaría de un pilar- fui por el martillo y quise clavar. El clavo se dobló; tomé otro clavo. Fuerte, fuerte, golpe tras golpe, otro clavo más dañado. - ¿Qué era lo que sucedía? ¿De que estaban hechos estos pilares?- Al despintar el pilar un color deslumbrante al rayo del sol que mis ojos no podían creer lo que veían, y despinte más y más pilares unos amarillos otros grises.

- ¡No puede ser! ¡Los pilares de Doña Blanca eran de oro y plata!

Tal vez Doña Blanca, no esperaba a su amor, tal vez los pilares no cuidaban a Doña Blanca, si no ella a sus pilares, tal vez dormía sola por temor de que alguien descubriera su secreto.

Derrumbé los pilares, me llené más que los bolsillos, reparé la fuente, contraté sirvientes, levanté la barda, resané la casa de la abuela. Busqué a los dueños reales de la casa para comprarla, casi me la regalan.

La vida me dio otra vez la voltereta. Los pájaros volvieron.

Los del pueblo dicen que Doña Blanca también ha vuelto, la han visto vagar por el pueblo (lo que nunca hizo). Aquí yo no la he visto, creo que la demolición de los pilares y la nueva fachada de la casa, ayuda a que no la reconozca; aunque ciertas noches oigo mecerse el columpio...

# MAMÁ GIGANTE

## Mamá Gigante

- **Mamá Gigante: ¿Cuántos pasos puedo dar?**

◆ ◆ ◆

Hay veces que las risas, me hacían crecer más y es que la burla constante de mis amigos y hermanos se empezó a hacer nube  debajo de mis pies. Que me levantó por encima de ellos  y era ¡tan grande! que de niña me llamaban "la grande" y veía tan alto, que los techos parecían estantes y los estantes banquitas y después fui joven y cuando ese día llegó; en un regaderazo de marzo, los centímetros también llegaron a borbotones  y de pronto; era una mujer gigante.
Tan grande... tan grande... ¡Tan enorme!

Mi mamá mando derrumbar el techo de mi cuarto, para que no tuviera que agacharme. Mi techo eran las nubes y el sol de día; las estrellas y la luna de noche.

 Me tapaba con muchas cobijas y dormía en una cama especial que mi papá diseñó. Nunca deje de ser el escaparate de mi pueblo, todos iban a ver a la gigante monstruo. Varios circos llegaron a comprarme, mi mamá los corría a escobazos y chanclazos.

A pesar de haber salido desde hace tiempo de la escuela y aunque era más grande que todos. Las burlas seguían de generación de niños, en generación; pareciera que nunca hubiese salido de la primaria. Aún así mi corazón no se entristecía, al contrario; también crecía para amar. Solamente que no sabía a qué, solamente crecía para amar cuando fuera oportuno hacerlo.

Un día, muy caluroso, los campesinos del pueblo fueron a recolectar duraznos. A veces me rentaban a mis papás para poder tomar los duraznos más grandes y maduros de las crestas de los árboles. Ese día, yo no fui a los campos estaba muy cerca del sol y mi sudor se hacía lluvia, así que me quedé en casa. Mis papás salieron temprano a los campos de duraznos y me dejaron sola, los vi partir con el amplio grupo de recolectores.

Entre silbidos y cánticos la jornada se hacía más llevadera, y las canastas parecían llenarse más rápido de jugosos duraznos. Alguien encendió un cigarro; una chispa desprendió el más terrible incendio que jamás vieron los ojos de los que ahí estaban y que jamás volvieron a ver... duraznos, se volvieron cenizas negras que volaron hasta mi puerta. Supe que algo grave había pasado, corrí hasta los campos y solo pude ver humo y llamas rojas del suelo negro. Todos, se hicieron ceniza; incluidos mis padres. Todos, se hicieron polvo y entre las llamas rojas se derritieron sus almas.

21 niños quedaron huérfanos en una tarde calurosa cualquiera, huérfanos y pobres en el olvido y en el recuerdo de un alma consumida. Busqué a cada niño y lo cargué en mi espalda, en mis brazos, en mis piernas, y uno a uno empezamos a formar una gran familia con las lágrimas de sal por la pérdida de su mamá y papá. De tantas lágrimas de niños y de una gigante como yo hicimos una laguna donde vinieron peces tristes a nadar bajo la sombra. Cuando el sol volvío entre las sombras e iluminó la laguna, un arcoíris se formó y los peces felices comenzaron a nadar.

Aquellos niños, que ayer me arrojaban piedras o frases hirientes. Hoy, me abrazaban. Temerosos de una vida incierta y sin guía; una vida salvaje y sin dirección. Fue entonces cuando me empezaron a llamar "Mamá Gigante", en vez de solamente gigante y el significado cambio todo. Esa palabrita tan corta, hizo que mi vida y la de ellos cambiaran en el instante.

Y entendí tantas cosas, lo que la vida te brinda a cambio de qué.

Lo que la vida te devuelve.

Lo que la vida te hace crecer.

-¡Mamá gigante! Se oían los gritos, esto o aquello. ¡Mamá gigante! Me molestan. ¡Mamá gigante! Tengo hambre. ¡Mamá gigante! Tengo sueño. Mamá gigante, mamá gigante... Mamá gigante ¿Cuántos pasos puedo dar?

Y en Mamá gigante me convertí. Mamá gigante era un monstruo de características especiales; repleta de paciencia, de orden, de ojos poderosos, de memoria asombrosa, de brazos enormes, de rápidez impensable, de reloj de muchas horas, de sueño corto, de comidas múltiples, de boca pintada, de olfato y oído afilado, de referi, de canciones e imaginación y de un gozo por el consuelo y el alimento de la boca y del corazón.

La verdad es que nací para ser Mamá gigante. Al fín lo sabía cuál sería mi misión en la vida y era simple, hacer de esos 21 niños, niños felices, sanos llenos de amor y empáticos.

Cada uno era especial para mí y para el mundo, una vez uno de ellos se sentó en mi piernas y beso mi enorme cara y me dijo -quisiera ser como tú- el más enorme halago recibido en todos los tiempos, para que alguien quiera ser como tú, es que ve en tí lo mejor de él, y disfruta estar contigo más que con cualquier persona y es por eso que le gustaría llevar un pedazo de esa persona en su ser para ser lo mejor que él cree puede ser.

Le dije que mejor fuera como él. Además ser gigante como yo, es más estorbo para este mundo tan pequeño.

Mamá gigante un beso, Mamá gigante crecía. Mamá gigante un abrazo, Mamá gigante crecía, Mamá gigante te guarde un pedacito de pastel, Mamá gigante crecía. Y seguí creciendo.

Los 21 niños eran míos y yo de ellos, eran tan míos aunque se dice que solamente estamos prestados pero éramos propiedades en común porque nos amábamos, de ser salvajes hirientes se convirtieron en respetuosos y amorosos niños que pedían permiso de salir y hora de regreso. Me avisaban y contaban sus secretos y yo a ellos.

Mis 21 preciosos, en cada una de sus facetas, a algunos les enseñe a caminar, otros ya sabían, solamente que no sabían calcular los pasos para no darse un guamazo.

Mis 21 preciosos, con más amor hicieron crecer más a mi corazón y ellos también crecieron y aprendieron a caminar lejos pero siempre volvían por más amor; y un día caluroso en mi habitación de techo de cielo; las nubes me levantaron y crecí y crecí más, hasta que toqué el sol con mi mano, lo volteé y salude a la luna. Las estrellas se hicieron personas que me abrazaban y me perdí en un sueño grande, tan grande, enorme, gigante como yo.

-Mamá gigante está dormida, dijo una de las 21 voces. ¿Tan tarde? -Mamá gigante, ¡Despiértate! ¡Mamá gigante, despierta! Una, a una, escuché despertarme y luego despedirme a mis 21 vocecitas ya no tan agudas.

-Mamá gigante, dime, una vez más ¿Cuántos pasos puedo dar?

# EL PATIO DE MI CASA

## El Patio De Mi Casa

El patio de mi casa es particular
se moja y se seca como los demás.
Agáchense y vuélvanse a agachar
las niñas bonitas se saben agachar.
Chocolate, molinillo,
chocolate, molinillo,
estirar, estirar que la reina va a pasar.
Dicen que soy, que soy una cojita
y si lo soy, lo soy de mentiritas,
desde chiquita me quedé,
me quedé padeciendo de este pie
padeciendo de este pie.
El patio de mi casa,
el patio de mi casa es particular,
el patio de mi casa, el patio de mi casa
es particular, muy particular.
El patio de mi casa es particular,
se moja y se seca como los demás,
agáchense y vuélvanse a agachar,
las niñas bonitas se saben agachar.
Chocolate, molinillo,
chocolate, molinillo,
estirar, estirar que la reina va a pasar.
Dicen que soy, que soy una cojita,
y si lo soy, lo soy de mentiritas,
desde chiquita me quedé,
me quedé padeciendo de este pie,
padeciendo de este pie.
El patio de mi casa,
el patio de mi casa, es particular,
el patio de mi casa, el patio de mi casa
es particular, muy particular.

◆ ◆ ◆

Dicen que soy, que soy una cojita, y si lo soy, lo he sido desde chiquita, porque desde chiquita me quedé padeciendo de éste pie. No crean que así nací. A casi dos meses de cumplir mis cinco años dice mi mamá que un bichito entró en mi cuerpo y que estuvo ocupado por un rato haciéndome un daño irreversible. Al principio, mi mamá pensó que tenía resfriado, después el resfriado se fue y seguía sintiéndome mal, el bichito afectó a mis piernas en especial a la izquierda, infectó a mis neuronas, esas están en la cabeza y mi pierna dejo de crecer y se enchueco. Mi pierna derecha es la más rápida y la que se ve normal. Es como la de la gente bonita.

Cuando cumplí cinco años mi piernita no se movía tan bien y se empezó a torcer y era justo cuando iniciaba la escuela, recuerdo ese lunes que no me pude meter bien el zapato y todo el día en la escuela anduve con el zapato chueco, aún más chueco que mi pierna, a pesar de que eran nuevos y de charol nadie lo notó. Solo notaron que mi pierna era diferente y desde ese primer día de primero de primaria un lunes 18 de Agosto todos me dijeron "la cojita". No era tan malo, todos me conocían, era más popular que el perro del conserje. No solo me decían así los alumnos y compañeros de clase. Los maestros a veces hablaban de mí y decían mi nombre y como nadie lo reconocía hacían hincapié en "la cojita". Un aspecto particular en mi físico me hacía diferente a mis iguales, "la carrilla", siempre fue carrilla de la buena, no tenía nombre elegante como ahora "Bullying". En mis tiempos era darte carrilla y el que la aguantaba no la pagaba, el que se enojaba perdía. Si hacías como que te valía  y hasta te reías o contestabas con una carrilla mejor, como: ¿Y tú que te traes dientes de burro? o la muy conocida frase "gordo roba lonche". Probablemente ganabas el argumento, al despertar las carcajadas de todos y al muy machito carrillero lo tomabas desprevenido y si la suerte seguía de tu lado, hasta lo hacías llorar de la rabia . Ahí es cuando la carrilla terminaba, si no la aguantabas y te aguitabas y llorabas y no salías al recreo, la carrilla se hacía más pesada y entonces empezaban los jalones en el pasillo, te tiraban la mochila a la tierra, te quitaban los duritos, te quitaban un zapato y lo tiraban como pelota unos a otros y tú como perro siguiendo el zapato; o bien, te daban un coscorrón de esos que despeinaban y dejaban un gallo enredado en la cabeza, no faltaba el que te tirara con la carcasa de la pluma papelitos con saliva o peor aún al que ya de plano era tan débil, que terminaba en el suelo pataleado entre la tierra con el uniforme azul marino todo enterrado, probablemente con los pantalones abajo y fractura de costilla por "la bolita" (grupo de niños abusones que se tiran de clavado uno sobre otro con la intención de aplastar como puré al afectado) que le cayó encima. Los que no aguantaban nada, iban destruyendo desde entonces su autoestima ante este mundo sobre estimado. Siempre ha sido cuestión de actitud; te reponías en la secundaria tu paso fallido de primaria; haciendo que te llamarán por tu segundo nombre y reconstruyendo tu personalidad o de aquí en adelante serías el tonto débil de por vida, que la verdad en estos tiempos si hizo mucha falta la palabra "loser" q no suena lo mismo a decir "perdedor", no tiene ese "feeling" es la razon de tanto spanglish hoy en día. Algunas de las clasificaciones adquiridas en estos 6 años eran las siguientes:

1. El carrillero: la mejor posición, facilidad de palabra, creativo, líder ventajoso. Burro por lo general. Desquicia y a la vez entretiene al maestro y a la clase.

2. El risitas: entre sus principales caracteristicas era el que todo le festejaba al carrillero. Mediocre por lo general y perfil bajo.

3. El inteligente buena onda: entre sus habilidades de supervivencia utiliza la inteligencia pasa las respuestas del exámen sin temor.

También dentro de estas clasificaciones se encuentra;

4. "El mandadero" normalmente el más chaparro del salón, se le hacia carrilla, pero leve, porque era útil y daba golpes finales además de ser defensor y "fan" del carrilero.

5. El dejado: Al que le hacían la carrilla y se dejaba. conoce sus debilidades no presenta resistencia "que pase lo que tenga que pasar".

6. Los "ratones de biblioteca" en español o nerds en ingles: van directamente al clasificado de golpes y agresiones sin filtro; no era necesario la carrilla su actitud es terriblemente provocadora para el agresor, no era necesario preparar el terreno con insultos. El individuo, previamente ya se encontraba acorralado bajo su personalidad ñoña, entonces solo era necesario pasar con la palma de la mano bien abierta por la fila y pegarle un

zape en la cabeza (cuando se encontraba sumergido en sus apuntes buscando no hacer contacto visual).

Mi situación particular, puede clasificarme fácilmente como blanco perfecto para la carrilla, la traigo en el lomo pegada como garrapata ser coja es el anuncio perfecto para ser una "loser" de por vida. Por eso opte por ser carrillera leve cuando se me quisiera hacer carrilla y entre también al grupo de los inteligentes buena onda. No puedo decir que fue fácil, ni que fui completamente feliz. El único lugar seguro, donde me sentía completamente feliz,era el patio de mi casa.

Jugaba en el patio de mi casa, para que nadie me viera y no estar bajo la lupa pública todo el tiempo. Correr chueco, caminar chueco, dar vueltas chuecas sobre mi eje y sentirme agusto, no tratar de perfeccionar el paso, ni el movimiento que a final de cuentas no servía para nada, pero inconscientemente lo hacía. Así que de algún modo, "el patio de mi casa" era particular, como yo, y al mismo tiempo igual a los demás se secaba y se mojaba con las lluvias. Pero su tierra, era testigo, de mí yo desparpajado, correteando por sus rincones y parecía que se hacía aún más ancho como diciéndose – estirar, estirar que la reina va a pasar -

Ahí jugaba a hacer pasteles de lodo en el molinillo de la abuela y a tomar chocolate caliente en la época de frío. Ahí era yo, y me gustaba ser yo, me gustaba lo que era. Dicen que soy, que soy una cojita y si lo soy, lo soy de mentiritas. Porque en el patio de mi casa siento la cojera desaparecer. Juego al siguiente día a engañar a todos padeciendo de mi pie. Algunos parecen descubrirme y entonces evitan la mirada y hacen como que no vieron nada. Pero prefiero a aquellos que se interesan, que me brindan su mano, para subir las altas banquetas. Dicen que soy, que soy una cojita, y si lo soy, lo soy de mentiritas porque mi cabeza sabe que mi pie chueco es como mi patio se moja y se seca como los demás.

# PIN PON

◆ ◆ ◆

## Pin pon

*Pin pon es un muñeco,*
*muy guapo y de cartón, de cartón,*
*se lava la carita*
*con agua y con jabón, con jabón.*
*Se desenreda el pelo,*
*con peine de marfil, de marfil,*
*y aunque se da tirones*
*no llora ni hace así ¡gua, gua!*
*Pin Pon toma su sopa*
*y no ensucia el delantal*
*pues come con cuidado*
*como un buen colegial*
*Apenas las estrellas*
*comienzan a salir, a salir,*
*Pin pon se va a la cama*
*se acuesta y a dormir, a dormir.*
*Y aunque hagan mucho ruido*
*con el despertador*
*Pin Pon no hace caso*
*y no vuelve a despertar*

*Pin Pon dame la mano*
*con un fuerte apretón*
*que quiero ser tu amigo*
*Pin Pon, Pin Pon, Pin Pon.*

Cerca de un viejo baúl, sacaba juguetes la niña de rizos freezeados. Se quedó mirando a través de la ventana, parecían divertirse. Apenas sabía contar, pero sabía que eran más de dos los que se necesitaban para tener un juego divertido en el parque. ¿Cómo sería tener siempre compañía? -pensaba- a un lado del baúl sacaba uno a uno sus juguetes favoritos.

Su mamá, de espaldas, pintaba lo que la imaginación le

gritaba y lo expresaba con sus manos y pincel de colores brillantes, hoy pintaba cosas de esas que alegran la pupila y van directo al corazón, hoy pintaba cosas que al verlas pretendes saber la historia detrás de ellas.

- Mamá - le dijo la niña - quisiera tener un hermanito, un hermanito como ellos.

La mamá - la vió a través de sus ojos verdaderos -

-No es tan sencillo tener uno de esos y sonrió.

-Al parecer sí - argumentó la niña - algunos tienen más de uno, yo solo quisiera uno.

La mamá siguió pintando, pensando en la dura petición de su hija y le dijo - A través de su boca con palabras de la razón - Yo soy tu mamá, tu eres mi hija para que tú nacieras tuve que recorrer muchos caminos. Te busqué entre rincones más pequeños que los que habitan los caracoles, escalé las montañas, esas más altas que las nubes, corrí entre cactus de los más espinosos, caminé contra el viento y me metí en un tornado, nadé mil olas sin saber nadar y me prendí de las estrellas para poder respirar. Cuando respire profundo, la luna me subió en su silueta y me mostro su brillo, mágicamente ese brillo rebotó en mí y ese brillo se hizo boca, nariz, ojos, manos, brazos, piernas, cerebro, pestañas, dientes, órganos, corazón, pensamientos y tantas cosas, ese brillo eres tú, y así fue como te encontré.

Como ves, no fue fácil. Eres muy especial, por el hecho de ser tú, simplemente.

Pero en la vida, hay muchos caminos y hay unos que

podemos recorrer juntas; tal vez en algún camino, nos topemos con un hermano.

Por lo pronto, dijo la mamá que pintaba un cuadro colorido, mira lo que te he dibujado, esta es tu pintura.

- ¿Ves a el que está ahí?

- Sí, dijo la niña entusiasmada.

-Es tu hermano. ¿Cómo lo quieres llamar?

- Pin pon, contestó la niña sin pensarlo demasiado. Los ojos se le hicieron aún más grandes y abrazó a su mamá -Pin pon es muy guapo.

El cuadro quedó colgado en la recámara de la niña. Cuando las estrellitas empezaron a brillar, la niña se fue a la cama directo a descansar. La luna iluminó a Pin Pon por la abertura de la cortina y la niña vio a Pin Pon moverse. No creía lo que sus ojos veían y vio que del cuadro un pedazo de cartón en forma de niño se desprendía.

- Pin pon! Exclamó la pequeña niña ¡Eres real!. Pin pon era perfecto, su peinado, estaba limpio y rozagante, con una enorme sonrisa.

Emocionada por este invitado inesperado en su habitación le dijo- te invito a  jugar con plastilinas, podemos hacer figuras de animales o tal vez pájaros en sus camitas.

Pin pon parecía divertirse, pero siempre concentrado en su alrededor, no quería dañar, ni ensuciar nada. Al terminar de jugar, salió del cuarto cauteloso para que nadie lo viera y se lavó la cara y las manitas con agua y con jabón; regresó a  la habitación de la niña la vio con ojos juzgadores y le dijo:

- ¿Acaso no lavaras tu cara y manos? parece que estas sucia.

La niña ignoro el comentario y siguió su juego. Cuando llevaba mucho tiempo jugando el crujir de sus tripas la hicieron parar y le dijo a Pin pon.

- Vamos a la cocina por algo de comer - la niña buscaba galletas -

Pin pon le dijo

- Come sopa, es más nutritivo

Entonces, le sirvió un plato lleno de sopa y otro para él. La niña empezó a jugar con la sopa, no le gustaba. Pin pon; en cambio, comía correctamente sin subir los codos y sin derramar ninguna gota de sopa en su ropa. Era el niño más limpio y educado que jamás hubiera conocido. Para asombrarla aún más le dijo:

- Vamos a la cama, ya hay que descansar para que mañana podramos madrugar. Es muy tarde, buenas noches y se durmió.

Cuando estaba bien dormido, la niña tomó a Pin pon. Lo ensambló en su cuadro en donde pertenecía, lo pegó con chicles y mocos para reforzar su estadía en la colorida pintura. Buscó una silla, bajo el cuadro y lo puso en la pared contraria de su habitación lejos de la ventana asegurando que la luz de la luna, nunca más alumbrara a Pin pon y jamás reviviera.

Pensándolo bien, tener un hermano no era tarea fácil, menos uno tan perfecto, era demasiada competencia.

LESLIE GARCIA MONTIJO

Buenas noches para siempre Pin pon.

# AHÍ ESTÁ LA LUNA

### Ahí está la luna

*Ahí está la luna*
*Comiendo su tuna*
*Echando las cáscaras*
*En la laguna...*

◆ ◆ ◆

Hace algunos años, una pequeña mujer tenía un deseo. Un deseo, que deseaba cada cumpleaños al apagar sus velitas. Deseaba y deseaba tener un bebé. Pasaron muchos años, con sus días de sol y sus noches de luna para que aquel deseo se convirtiera en realidad. Una noche, la luna llena iluminó su vientre de plata y un jueves cualquiera, aquella pequeña mujer supo que madre sería. Sus ojos se convirtieron en río de felicidad y su boca en columpio alegre.

Y así fue, como Simonet empezó a crecer dentro de la pequeña mujer.

La luna llena, trae siempre varones consigo, las lunas nuevas traen consigo a las niñas, es una regla maya elemental una regla escrita por la naturaleza y los elementos de la tierra. Más la luna caprichosa, decidió que niña sería, sin importarle lo que la tierra, el aire, el fuego y el agua decían. Su teoría era válida porque este bebé era especial y su luz de plata tenía que procrear. Y así fue como la luna, sin decirle a nadie una niña envió al vientre de aquella madre.

Pasaban los meses y todos los elementos se reunían para platicar de aquel niño y la energía que le brindarían, todos lo pensaban varón, incluso la madre lo soñaba niño. La luna sola reía.

Simonet y la luna se mecían por las noches y de pronto un abril, Simonet a los brazos de su madre quiso saltar. Como era de esperarse, la niña nació de noche, bajo los ojos atentos de su guardián la Luna. Cuando la enfermera la llevaba a limpiar la pudo ver por una rendija y la meció en su cuna.

Los elementos desconcertados, fueron al pie de la luna a decirle que tal vez enferma se encontraba porque lo que había nacido lejos de un niño estaba.

Algunas cosas de varón le quedaron, como la voz un poco ronca y las risas estruendosas, por lo demás Simonet creció siendo niña. Una niña enamorada de la Luna que requiere saludarla cada noche. Su pequeña mamá, a veces parece desconcertada porque Simonet logra ver la figura de la luna en lugares no pensados como en una tortilla mordida o en un gajo de naranja, todo parece recordársela.

Esperando cada noche se encuentran las dos amigas.

Simonet pide a su mamá: - ¡Vamos a ver la luna! Y se queda contemplándola. Algunos días se duerme sin verla salir y la Luna por una rendija se asoma para verla dormir. Las inseparables amigas se recuerdan todos los días incluso si está nublado o si han pasado los años.

Simonet tiene una gran fortuna al ser elegida por la Luna.

# NARANJA DULCE,
# LIMÓN PARTIDO

## Naranja dulce, limón partido

*Naranja dulce, limón partido, dame un abrazo,*
*que yo te pido. Si fueran falsos mis juramentos,*
*en un momento se olvidarán.*

*Toca la marcha, mi pecho llora, adiós señora, que ya me*
*voy, adiós señora, que ya me voy. A mi casita de sololoy.*

Naranjas dulces colgaban de los cuatro árboles del gran patio trasero, la piel de las naranjas era fina y de color vívido. Las hojas de los árboles empolvadas y los troncos espinados. A la sombra de los naranjos; una caja de cartón y una piola se han transformado en la cuna de las muñecas. Y bajo esas naranjas, le cantamos a las muñecas mis hermanas y yo:
- "Que lulú, que lulú, que san camaleón, debajo del hueco salió un ratón"

- "Qué lulú, que lulú que san camalichi, debajo del hueco salió un viejo bichi"

Bajo esas naranjas dulces que han de escuchar nuestros cantos y juegos de niñas. Las muñecas cierran y abren sus ojos al vuelo de la nueva cuna y al ritmo de la canción que nuestro padre nos habrá cantado para conciliar nuestro sueño una y otra vez.

Era la casa de las "tías abuelas". Una, de carácter tan agrio como los limones de su ventana. Agrio seco que parecía atravesar las robustas paredes de adobe de la antigua casa. La otra tía, era alegre y optimista más no débil de carácter. Le gustaba ver los naranjos repletos como esferas en arbolito de navidad, no le gustaba comer los frutos hasta que caían al suelo, disfrutaba de su cosecha meciéndose en la poltrona blanca, observando la casona y su corredor verde clarito trapeado con petróleo para abrillantar la limpieza, sería el mayor de los logros después de una mañana agotadora.

Ver la herencia endosada de su hermana juguetear por el patio. Ver la vida y el tiempo y los pasos que han pisado el corredor anidado de golondrinas que vuelven cada año a reposar.

Entre el humo y el café negro endulzado de más.

Ahí donde el tiempo no parece pasar, es difícil desprenderse del pasado entelarañado en las vigas cacarizas. Que sostienen sobre ellas los altos techos y altos egos que retumban como eco entre los cuartos no explorados por la niñez. El patio y el corredor será el lugar para los niños, pasteles de lodo, manguera, corralitos de palitos, aroma a flores y permiso para cortar alguna fruta para merendar.

Se siente tan fresco bajo la sombra de los árboles y la tierra húmeda tan barrida que se siente piedra.

Las ocurrencias de la infancia son festejadas por la tía

abuela, nos escucha platicar y nos reúne en la mesa larga del comedor donde al caer la tarde nos cuenta escalofriantes historias de terror. Comiendo garapiñados y empanadas de calabaza. A veces, saca del refrigerador en un frasco de vidrio, aquel dulce de limón y si tenemos suerte, el de durazno que siempre fue el preferido de mis hermanas y el mío. La otra tía abuela, silenciosa se sienta en la cocina para reírse oculta, sin departir la alegría.

Y en la grande ventana, que nos cubre de las calles polvorosas, encerrado ladra el perro bravo. Donde la falta de amor le ha robado la cordura y se presenta ante el mundo como una bestia salvaje, que dará protección, más que la aldaba trabada con el rojo desarmador.

Atrapados en un enorme jarrón de patas de ranas se encuentran los espíritus que no han dejado morir; de su querida hermana Lolo, la abuela Salomé y del abuelo José. Y las niñas aquellas, se alimentan de historias de ideales ya enterrados. A sabiendas que el abrazo de su abuela no lo podrán tener ni sentir nunca. El cáncer se la ha llevado hace tanto que sus recuerdos no la han alcanzado. Solo quedan las palabras como testigos de la tía abuela que la trae al presente de vez en cuando, de vez en siempre, entre carcajadas de buenos momentos.

Todo parece amarillento cuando oscurece.

Y así, deshojan los árboles en el invierno. Solo quedan los naranjos.

Solo quedan los naranjos dulces y los limones partidos. La muerte llega, las golondrinas no, las niñas crecen.

Las vigas fuertes parecen no soportar los altos egos, la casa se vacía. Toca la marcha, mi pecho llora.

Adiós señora,Yo ya me voy, a mi casita de Sololoy.

Con un candado, se da la llave a un extraño. Solo en mi casa queda el jarrón.

# LA RUEDA DE SAN MIGUEL

## La rueda de San Miguel

A la rueda, a la rueda de San Miguel, San Miguel,
Todos comen camote y miel.
A lo maduro, a lo maduro
Que se voltee (nombre del niño) de burro.

◆ ◆ ◆

En aquellos tiempos, donde los niños eran libres y la supervisión no se contemplaba. En las reuniones aquellas de nuestros padres con sus amigos. Donde sí era de día a los niños los cuidaba el sol. Si la reunión se prolongaba y venía la noche; las estrellas y la luna tomaban su turno y hacían con gusto su trabajo. En aquellas reuniones, donde los padres eran los niños muchas veces, y los niños acudían a los papás. –Papá, Mamá. ¡Ya vámonos!- un momentito más, decían los papás; vete a jugar con tus primos.

Frente a la casa de la "reunión de padres" la calle ya había levantado el polvo en más de seis ocasiones con juegos tan diversos como: el bote robado, matarilerile-rón, escondidas, encantadas, al chicote, al doctor, stop y la rueda de San Miguel. Cuando tocó el turno de jugar a la rueda de San Miguel, danzaron en círculo: A la rueda, a la rueda de San Miguel , San Miguel todos comen camote y miel.

- ¡A lo maduro ! ¡A lo maduro! ¡Que se voltee Liliana de burro! ... Y así fue, uno a uno se voltearon... y ya muy cansados se fueron caminando a la casa de su nana que estaba solo a dos calles.

Todos los niños sin cenar y empolvados, uno a uno se acostaron en la sala, en el piso y en las camas los más aburridos.

La reunión concluyó y los papás comenzaron a gritar a los hijos - ¡Ya nos vamos! , los más prudentes cruzaron la calle, a la casa de la nana y fueron por los hijos adormilados y otros bien dormidos en brazos. Ahí estábamos mis hermanas y yo. Mi papá fue por nosotras. Pero de tres que somos, no más encontró a dos.

Y empezó la búsqueda... Por los patios, en la casa de mi nana, en la casa de la tía Armida que también era vecina, a despertar a todos los dormidos a preguntarles si la habían visto. Y nosotras ¿Cómo es que no la habíamos visto? ¿Dónde estaba? ¿Qué fue lo que pasó? ¿Por qué la luna de pronto es una incompetente para cuidar niños y las estrellas, no le ayudaron? Todos corrían de un lado a otro, buscando a mi hermana. Y de fondo se escucha:

-Hace días dijeron que andaba una camioneta blanca de vidrios polarizados "tipo van" una banda de "robachicos". Mi papá recuerda que varias veces, mi hermana, había ido a decirle que ya se quería ir. No le prestaron atención. Será que se fue sola a la casa – pensó mi papá- , rápido se sube en el pequeño caribe azul y va en búsqueda de mi hermana. Mi mamá buscando a los alrededores y todos los señores de sombrero también. Se pudo haber ido a la alameda, donde están los juegos. Hay que buscar ahí también. Ahora sí, todos los niños que no salgan de la casa de la nana. Regresa mi papá después de varios minutos; con la cara profunda. La niña no estaba en casa. Todos están asustados, toman a sus hijos se los llevan a casa. Solo nos quedamos nosotros, mi mamá llora desesperada, nosotras no sabemos qué hacer, yo también lloro y tararareo en mi mente una canción conocida "mi unicornio azul, ayer se me perdió". Mi hermana mayor, imagina una vida mejor sin mi hermana perdida. Mi papá dice:

- La seguiré buscando, ustedes se van a la casa. Y sube al carro.

Mi mamá, mi hermana mayor y yo, nos vamos caminando a casa -tal vez la encontremos en el camino-.

Mi mamá grita por ella desesperada, con las lágrimas y mocos cristalinos derramados -nosotras solo observamos- . Llegamos a casa, nunca entramos, esperamos a mi papá en el porche. Esperabamos a mi papá y a mi hermana.

Llega el carro azul, pero mi papá se baja solo. Mi mamá le dice:

- ¿Qué pasó? ¿Dónde está?

– No la encontré – dice mi papá a punto de quebrarse en 1003 pedazos.

Nuestros oídos no lo creen y en una rueda incompleta nos reunimos los cuatro.

La luna y las estrellas se reprochan su descuido... Cuando milagrosamente, se abre despacio la puerta trasera del caribe azul.

- ¿Ya llegamos? – Dice mi hermana. Todo este tiempo dormida en el asiento trasero. Se une a la rueda de San Miguel todos comiendo camote y miel.

# TENGO UNA MUÑECA

## *Tengo una muñeca*

Tengo una muñeca vestida de azul,
con su camisita y su canesú.

La saqué a paseo y se me constipó,
la tengo en la cama con mucho dolor.

Esta mañanita me dijo el doctor,
que le de jarabe con el tenedor.

Dos y dos son cuatro, cuatro y dos son seis,
seis y dos son ocho, y ocho dieciséis,
y ocho veinticuatro, y ocho treinta y dos.
Ánimas benditas me arrodillo yo
Tengo una muñeca vestida de azul,
zapatitos blancos y gorro de tul.

La llevé a la playa y se me constipo,
la tengo en la cama con un gran dolor.

Dos y dos son cuatro, cuatro y dos son seis,
seis y dos son ocho, y ocho dieciséis,
y ocho veinticuatro, y ocho treinta y dos.
Estas son las cuentas que he sacado yo.

Tengo una muñeca vestida de "azul".
No sé qué le pasó. Siempre he sabido que las muñecas se visten de rosa. Pero la mía no, la mía está vestida de azul.
Me han visto con ella, algunos la han visto de reojo,

otros se han acercado y me han dicho que la lleve al doctor. Los he escuchado y la he llevado al doctor, el doctor me ha recetado que le dé jarabe con un tenedor. No se le ha quitado. Mi muñeca sigue vestida de azul. Esto no ha sido un resfriado, la ha visto la abuela y me ha dicho, que la saque a asolear, que la playa le hará bien.

La llevé a la playa y se me constipó, esto ha resultado más grave, la tengo en la cama con mucho dolor. Esperé a mañana, sigue vestida de azul.

Todos nos siguen viendo, cuando caminamos por la calle, unos se han reído de ella, otros hasta la han golpeado.

Tengo una muñeca vestida de azul.

Le limpie la carita y la peiné. Me he quedado distraída con lo que la gente me decía. Hasta he rezado a dios para que sea rosa. Y no la he abrazado y no la he besado y no la he querido como es, azul.

-¿Pero es que nadie puede ver lo especial que es?

Todas las demás son iguales. La mía no es del mundo rosa. Es diferente. Me gusta así.

No sabía que ¡tanto la quería! que ¡tanto me gustaba! Hasta que me dieron otra vestida de rosa y yo preferí a mi muñeca vestida de azul. No la cambio por nada. No es que las rosas, ahora no me parezcan suficientemente bellas, lo que pasa, es que perdí tanto tiempo en quererla cambiar que estos intentos, resaltaron más su belleza. He guardado las recetas y los chismes en un cajón. Le he comprado zapatos blancos y un gorro de tul con su camisita y su canesú, vamos de paseo que orgullosa estoy de mostrar a un mundo de colores mi muñeca azul. Dos y dos siempre serán cuatro.

# ACERCA DEL AUTOR

## Leslie Garcia Montijo

La autora (yo) de este libro, nace en un pequeño y conversador pueblo. Las historias en ese lugar, se cuentan solas. Las banquetas altas con mecedoras siempre fueron lugar de conversación, acompañadas de una tasa de café negro. En ese lugar, llamado Ures en el estado de Sonora, México, empieza a sacar las palabras de su mente en color gris número 2. Escribe para ella, por la necesidad de sacar tantas historias de su mente. Escribe por necesidad, así como hasta ahora.

Rodeada de arte en su familia, sin reconocer el concepto. Lo asimila como parte de ser, no sin pasar de alto la peculiaridad de las personas con las cuales convive, que para ella, mas que personas, son personajes que tienen que ser contados.

Siempre se ha sentido afortunada y orgullosa de sus raíces, su familia, la libertad, simplicidad y de un bonito kiosco punto de reunión de juegos de los niños amigos y de niños nuevos amigos.

Se siente atormentada, por los buenos y curiosos momentos que se ven diluirse por la memoria distraida y por los personajes que se van a la luna. Y otra vez, siente la necesidad de compartir. Así como este libro, que refleja los juegos del ayer. Los juegos que no se deben de ir, no se deben de ir, se tienen que quedar en los correres de niños, gritos de alegría y discuciones de juegos.

La realidad supera la ficción y las cosas increibles suceden en los pequeños detalles. La inspiración es la clave para la creación. Aún soy la niña del ayer.

Aún tengo historias que contar.

# OJOS GRANDES

- Mira mamá, Ojos Grandes

Ojos grandes es un niño de ojos vestidos de pestañas y de expresión, desborda alegría cuando te habla, invitando su saludo a jugar sin mencionarlo. Ojos grandes, tiene una hermanita pequeña, también de ojos grandes. A la niña de ojos grandes le gusta jugar a las muñecas y también le gusta mi sopa. Pero a los dos, los que más les gusta es venir a mi casa. Zoe y Leo ven a "ojos grandes" a través de una calle de separación. La ventana de la sala (por donde podrían verlos) está bloqueada por el antiguo mueble de la tía abuela y por el nuevo televisor. Ojos grandes, no se ven tan temerosos como en casa. Juegan bajo vigilancia con una vecinita y también frente a la casa. Ojos grandes son amistosos y tienen las mismas raíces que mis hijos. Zoe y Leo salen al frente solo para subir al carro, ahí es cuando Ojos grandes los ven. Se gritan cosas, cosas solo por tener el contacto. - ¿Qué llevas ahí? - ¿A dónde vas Leo?

Ojos grandes atentos en la acera de enfrente frenados por un enemigo invisible que no permite el contacto. Ojos grandes, esperan una invitación desde hace meses, desde hace casi ya un año. El enemigo invisible puede ser cruel, es cruel. Y nos domina con un caminar a prisa para evitar ver esos ojos grandes que invitan a jugar, a platicar y a abrazar. Zoe y Leo en el filo de la banqueta cuentan brevemente las ganas de compartir sus juguetes de cumpleaños, cuentan brevemente que se les ha caído un diente, cuentan brevemente que fueron a una aventura, que han comprado chocolates o vienen de pasear a Alicia. Suben al carro bajo mi mando avergonzado que les prohíbe ser niños y ser libres. Al salir de la cochera, Ojos grandes atentos nos esperan. Zoe y Leo desesperados bajan las ventanas traseras aún sin ponerse el cinturón de seguridad, para poder ver a Ojos grandes más de cerca y decir: -¡Adiooosss, Ojos grandes, adiós!

Alguna vez Ojos grandes tuvieron visitas de familiares o amigos, al salir había más niños, pero Ojos grandes y los míos se quieren, la rutina fue la misma. Cuando se abrieron las ventanas traseras para decir adiós, Ojos grandes presentaron a sus amigos Zoe y Leo y después en un adiós prolongado corrieron tras de ellos hasta la esquina, una niña menciona ¿Por qué tenemos que seguirlos?

Casi un año ya, que Ojos grandes no vienen a casa, antes venían casi todos los días. Ojos grandes se esfuerzan por ver a aquello que Zoe y Leo tanto le temen y por lo cual sin reproche aceptan mis indicaciones. Ojos grandes tienen corazón enorme.

Ver los Ojos grandes al salir de casa es el reproche de la inocencia, es el robo a la infancia. ¿Cuánto tiempo les ha robado el enemigo invisible a los días de niños de mis hijos? ¿Cuántos juegos? ¿Cuántas risas? ¿Cuántos nuevos recuerdos?

En fechas especiales, se escriben cartas, las dejan en su puerta y corren. Se envían audios y videos se siguen diciendo mejores amigos o amigos del alma. Zoe y Leo cuando ven a Ojos grandes paraditos en la banqueta justo al borde como a punto de empezar una carrera, van arriba, al baño por la única ventana que da a la calle y que no está bloqueada. Suben en el tanque del escusado y por la pequeña ventana del baño gritan felices, sus planes de cumpleaños o Halloween. Gritan felices, sin reproches, sin llantos con naturalidad y sin frustración con el entendimiento de que así es la vida, por ahora, y lo aceptan, y se divierten y siguen siendo ellos. Ojos grandes a través de la calle, tantas emociones contenidas a unos pasos de distancia.

Dedicado a todos estos niños fuertes de Ojos grandes que nos han enseñado realmente lo que es valentía, amor, amistad, sabiduría, paciencia y el significado de la libertad.

# LIBROS DE ESTE AUTOR

**Parpadeo De Sueños**